ODE

DE

LA CHASSE

PAR

ESTIENNE IODELLE

PARIS

ALPHONSE LEMERRE, ÉDITEUR

—

M.D.CCC.LXXII

ODE

DE

LA CHASSE

Extrait de :

LES ŒVVRES

Et Meslanges poëtiques

D'ESTIENNE IODELLE

Avec des Notes

Par Ch. Marty-Laveaux

8421. — Paris, imprimerie Jouaust, rue Saint-Honoré, 338.

ODE

DE

LA CHASSE

PAR

ESTIENNE IODELLE

PARIS

ALPHONSE LEMERRE, ÉDITEUR

—

M.D.CCC.LXXII

ODE DE LA CHASSE

AV ROY.

En quoy me sen-ie ores pousser
    Dans ce bois, remerquant les places
    Où ie t'ay veu ces iours chasser
    (Sire) estant present à tes chasses?
    Sus quitton nostre Lyre, allon
    Quester, chasser, poursuiure, ô Muse,
    Suy moy, Deesse, & ne refuse
    D'imiter ton frere Apollon :
Qui bien souuent ayant sonné
    Des Dieux la gloire, & la nature,
    Et du grand Monde façonné
    Par eux la cause & la structure :
    Ou bien sonné les fiers Geans,
    Qui par son pere à coups de foudre
    Furent en quartiers & en poudre
    Espars dans les champs Phlegreans :
En sa main, dont si doctement
    De son archet sa Lyre il touche,

Accompagnant ſon inſtrument
Des diuins accords de ſa bouche,
Prend ſoudain l'arc d'argent, & va
Chaſſer dans vn bois ſolitaire,
Ou bien quelque monſtre deffaire,
Ainſi que Python il tua.
Comme ce celeſte ſonneur
Ie ſonnoy d'vn grand Dieu les gloires,
Et de mon Roy l'heur & l'honneur,
Attendant ſonner les victoires
Tant d'vn tel Dieu que d'vn tel Roy,
Sur ceux qui leuent leur audace
Contre eux: mais ie ſens d'vne Chaſſe
L'ardeur ores bouillir dans moy.
Dés l'autre iour l'humeur m'en print,
SIRE, en ſuiuant ton aſſemblee,
Et depuis l'ardeur qui m'éprint
Eſt touſiours en moy redoublee,
Non pas pour ſeulement queſter
Beſtes fauues, noires, ou autres,
Qui repairent aux foreſts noſtres,
Mais pour d'autres monſtres domter.
Sans enſuiure pourtant ce Dieu
Chaſſeur, & Harpeur, & ſans prendre
Au lieu de ma Lyre vn épieu,
I'aime mieux ma Lyre retendre,
Et ſur elle chanter ſi bien
La chaſſe qu'ores ie proiette,
Que meſme à l'œil ie te la mette
Pour le proffit & plaiſir tien.
Car en tout ce que i'ay vouloir
(SIRE) de rechercher ou faire,
De dire, eſcrire, ouïr, & voir,
La fin qui ſeule m'en peut plaire,
C'eſt d'y pouuoir auecq' plaiſir
Prendre vn proffit d'eſprit enſemble:
Car quand ce double fruit ſ'aſſemble,
C'eſt le but parfait d'vn deſir.

Auſſi meſme en ce que ie veux
 Offrir aux grands, ie me propoſe
 De leur faire enſemble ces deux
 Cueillir en vne meſme choſe :
 Le plaiſir remuant les cœurs
 Leur attrait l'eſprit, & l'oreille,
 Et l'autre leur deuoir éueille
 Aux conſeils, aux faits, & aux mœurs.
Si dans mes vers tu ne voulois
 Chercher que la fueille agreable
 Sans fruit, l'eſcorce ſans le bois,
 Le bois ſans le ſuc proffitable,
 I'aimerois mieux te voir touſiours
 Baller, courre, eſcrimer, t'eſbatre
 A cent ieus, & faire combatre
 Dans ta court ton Once & tes Ours :
Ou bien chaſſer, non pas ouïr
 La Chaſſe qu'ici ie t'ay faite,
 La Muſique ouïr, non iouïr
 D'vne Muſique plus parfaite,
 Par laquelle taſchant chaſſer
 A cor & cri noſtre manie,
 Ie veux la paiſible harmonie
 Faire à tes ſuiets embraſſer.
Ou bien i'aymeroy mieux te voir
 Amuſer d'vne maſquarade,
 Vuide de ſens & de ſçauoir,
 Te paiſſant de vaine brauade :
 Ou t'amuſer par des bouffons
 De ce qui par eux Comedie
 Se nommeroit, ou Tragedie,
 Et des deux n'auroit que les noms.
I'ay le premier de ces deux ci
 L'honneur en ta France fait naiſtre,
 Qui des Rois, qui du peuple auſſi,
 Deux diuers miroirs ſouloyent eſtre :
 Si les premieres n'ont eſté
 Parfaites pour mon trop ieune age[2],

Ie me fuis en ce double ouurage
 Moymefme depuis furmonté.
I'ay (pour n'efloigner mon propos)
 Maint grand labeur tafché parfaire,
 Pour ce bien du commun repos
 Diftrait de nous, à nous retraire,
 Tant pour domter l'opinion,
 L'abus, & l'ardeur aueuglee,
 Qu'en la police dereiglee
 Chercher la reigle & l'vnion.
Mais fur ma Lyre ie ne veux
 Maintenant chantant vne Chaffe,
 Que dreffer quelques petits vœus
 Sur le mal qu'il faut que lon chaffe,
 Et dedans mes vers rapportant
 L'vne & l'autre pourfuitte & quefte,
 Faire que ce chant que i'apprefte
 T'aille doublement contentant.
Car comme du plaifir i'ay dit,
 Si en cela que ie te donne
 Tu recherchois le feul proffit
 Et le maintien de ta couronne,
 Tu ferois mieux en ton royal
 Confeil, arrefté du langage
 D'affaires, & du fainct vifage
 Du graue & docte l'Hofpital.
La Ieuneffe, la Royauté,
 Et des Princes la nourriture,
 Font que toute feuerité
 Repugne fort à leur nature :
 Mais fi faut-il qu'armes & loix,
 Honneur, vertu, fçauoir, prudence,
 Fuft-ce entre le feftin, la dance,
 Et le ieu, f'apprennent des Rois.
Vn Prince fe peut deftourner
 Tant de l'amour que de l'eftude,
 De tout ce qui peut plus l'orner,
 Que fon fceptre : foit par trop rude

Couſtume de l'aſſuiettir,
Soit par face, ou façon, ou faute
De pouuoir l'humeur bruſque ou haute,
En y conſentant diuertir :
Par faute de meſler le ieu
Et les gais mots, par la doctrine
Se faire plaire, & peu à peu
Luy faire plaire la diuine
Racine de tout heur & bien,
Faſcheuſe quand on la propoſe :
Mais qui ne ſçait qu'en toute choſe
Qui bien ne gouſte n'aime rien ?
Or ſus donc (SIRE) *excite toy*
D'vne courſe de Cerf, chantee
Briefuement, & meſme la croy
Vraye, & non pas repreſentee.
Ie te voy ia (SIRE) *appreſté :*
Car ayant ceſte matinee
A la volerie donnee,
A cheual tu es remonté.
Le buiſſon au matin ſ'eſt fait,
Faiſant beau, reuoir & cognoiſtre,
Et qu'vn bon chien eſtoit au trait
Dans la main d'vn veneur adextre,
Qui voyant, iugeant, defaiſant,
La nuict parlant, & faiſant feſte
Au chien, qui vouloit de la beſte,
Et touſiours çà & là briſant :
Conduit tant par l'aſſentement
Du chien, que par ſa propre veuë,
Soit que par le pied ſeurement,
Le temps, & la route il ait veuë,
Qu'il ait les portees, ou bien
Les foulees, les repoſees,
Ou autres choſes aduiſees,
En ſon meſtier n'oubliant rien :
A deſtourné ſon Cerf, & fait
Son rapport, ſans que les fumees

Apporté dans ſa trompe il ait,
Pource que ſe trouuans formees [a]
En Aouſt & Iuillet ſeulement,
Par troches en Iuin, & encores
Par platteaux en May, du tout ores
Elles ſont hors de iugement.
Ia departis ſont les Relais,
Et pendant que moy d'ainſi dire,
Toy d'ainſi m'ouïr tu te plais,
Nous ſommes ia paruenus (SIRE),
Au laiſſer-courre, il faut penſer
De piquer tant que tout tu voyes :
Voila, le Veneur ſur les voyes
Tient ſon limier preſt à lancer.
Ce limier l'auoit mené droit
Aux briſees, tant il eſt ſage,
Puis a touſiours ſuiui ſon droit :
Tant peut la nature & l'vſage
Les beſtes meſme façonner.
La meute des chiens ne demeure
Gueres loin apres, pour à l'heure
Bien decoupler & bien donner.
Ce Cerf, pauure Cerf qui caché
Dans l'epais du buiſſon ſe penſe,
Où ce matin l'a rembuſché
Ce meſme limier qui le lance,
De ſa vie en ſes pieds diſpos
Se fie, tous ces bois reſonnent
D'vn long gare-gare, & ſe ſonnent
Par ce tien Veneur deux longs mots.
Tout ſoudain que ce lancement
A nos oreilles ſe vient rendre,
On fait le prompt decouplement
Par quatre ou cinq longs mots entendre :
Toute ame ſe peut aſſeruir
A ſes ſens : mais l'œil, & l'oreille,
Contens ici, par nompareille
Force nous peut poindre & rauir.

Voy-le-ci (Sire) *dans ce fort,*
  Aller par ces portees mefme :
  Il rompt, il brife, il bruit, il fort,
  Et defia de vifteffe extreme
  Se court, fe preffe à cri & cor,
  Suiui de la meute courante,
  Tout enfemble apres luy parlante,
  Attendu des relais encor.
Tu vois ces prompts piqueurs brufler
  D'ardeur, & tantoft par bruyeres,
  Tantoft par fuftayes voler,
  Par champs, par forts, & par clairieres :
  Des mots de leur trompe animans
  Enfemble les chiens & la befte,
  Et au plaifir de la conquefte
  Plus qu'à la proye f'enflammans.
Ie ne m'eftonne d'Orion,
  Ny d'Adonis, ny d'Hippolyte,
  Ny du miferable Acteon,
  Ny d'Atalante, ou de la fuite
  Que Diane fouloit mener :
  Car ce plaifir dompteur des vices,
  Paffe tous plaifirs & delices
  Qui ne nous font qu'effeminer.
Tant que ceux-ci, qui nuict & iour
  Menans leur vie chaffereffe,
  Fuyoyent le cafanier feiour,
  Qui fe couplant à la pareffe
  Se fait l'engendreur de tous maux,
  Outre leur deduit & leur quefte
  Auoyent l'heur de la vie honnefte
  Pour grand loyer de leurs trauaux.
On feint les plus forts Dieux chaffeurs,
  Ainfi qu'Hercule, & Phebus mefme :
  Car toufiours la grandeur des cœurs,
  La force & la Nobleffe f'aime
  Aux chaffes, qui peuuent dreffer
  Beaucoup, & maint les fçait bien faire,

Qui peut en guerre l'aduerſaire,
Et en paix les crimes chaſſer.
Mais retourner au Cerf il faut,
  Qui d'vne longue randonnee
  Forlongeant, fait eſtre en defaut
  Toute noſtre meute eſtonnee :
  Il faut que ces chiens ia branlans
  Touſiours en crainte ſe retiennent,
  Tant qu'eux-meſme aux voyes reuiennent,
  Apres leur Cerf touſiours allans.
Il fait ſes ruſes maintenant
  Que luy a peu ſon age apprendre,
  Aux hardes des beſtes donnant,
  Pour faire aux chiens le change prendre :
  Ou bien querir (peut-eſtre) il va
  D'autres Cerfs, que touſiours il chaſſe
  Deuant ſoy, par ſi long eſpace
  Qu'il face ſuiure vn de ceux là.
Ou n'ayant qu'vn ſeul Cerf trouué
  Dedans ſa repoſee, à l'heure
  Il le chaſſe : & d'où ſ'eſt leué
  Ceſt autre, le noſtre demeure :
  Ou tout au bout d'vn long fuyant
  Bondiſt au fort, ou bien il vſe
  Encores de mainte autre ruſe
  Sur luy fuyant & refuyant.
Si pas vn de tes chiens n'a ſceu
  Defaire la malice ſienne,
  Et que relancer ne l'ait peu,
  Il faut que le limier on prenne,
  Et qu'on commence à requeſter
  Depuis la briſee derniere,
  Où l'on a veu les chiens derriere
  Leur proye branſler & douter :
Suiure les voyes, aduiſer
  Fort bien ſ'il demeure, ou ſ'il paſſe
  Songer comme il a peu ruſer,
  Tant que ſes ruſes on deſface :

Et qu'en parlant alors ainsi
Qu'au laisser-courre on le relance.
Or sus donques chacun s'auance
Pour y estre, & toy (Sire) *aussi.*
De la trompe les mesmes mots
  Que i'ay dits parauant, se sonnent :
  De mesmes cris, mesmes propos
  Tous les lieux d'alentour resonnent :
  On le recourt, rebaudissant
  Les chiens, grande est la randonnee :
  Mais la beste en fin maumenee
  Perd son haleine en se lassant.
Ce pauuret pressé de si pres
  Par la meute qui le mau-meine,
  Veut gaigner quelque eau tout expres,
  Pour fraischeur reprendre & haleine :
  Mais las! chetif il apprendra
  Tout au rebours que la vistesse
  Dedans l'eau nuisible se laisse,
  Et tost les abois il rendra.
Quelques Cerfs se font par les eaux
  Porter, de peur que les chiens viennent
  Les assentir : dans les roseaux
  Quelques autres cachez se tiennent :
  Vn autre porter se fera
  Sur le dos de quelque autre beste,
  Mais de cestuy la mort est preste,
  Peu apres que sorti sera.
Aux trousses ia les chiens ardans
  Le tiennent, il est ia par terre,
  Ils le tirassent de leurs dents,
  Iouïssans du fruit de leur guerre :
  Les larmes luy tombent des yeux :
  Et bien que pitié presqu'il face,
  Si faut-il que de telle chasse
  Sa mort soit le pris glorieux.
La mort du Cerf se sonne, alors
  Les monts, les vaux, & les bois, rendent

Les bruyans & hautains accors,
Que les trompes dans l'air efpandent.
On coupe & leue vn des pieds droits,
On abat l'orgueil de fa tefte,
Qui font (SIRE) *de ta conquefte*
Les enfeignes & premiers droits.
On fe met (peut-eftre) à parler
Voyant cefte tefte ramee
De frayer, brunir, & perler,
De bien fommee, & bien paumee,
De bien roüee, & fi elle a
Marrein, andouilliers, & goutieres
D'vn fort vieux Cerf, & cent manieres
De difpute outre celles là :
Si lon auoit premierement
Bien iugé qu'il fut Cerf courable,
S'il eft Cerf dix cors ieunement,
Ou fort vieux Cerf & fort chaffable :
Si le pied monftroit bien que c'eft,
Et tous fignes qu'on a peu prendre,
En ton retour tu peux entendre,
Tout tel deuis qui aux grands plaift.
Là fouuent du particulier
On tombe à parler de la chaffe
En commun, comme du Sanglier,
Soit que lors du Vautray lon face,
Ou d'autres façons le difcours [a] *:*
Quand par grands leuriers que lon iaque,
Au fortir du fort il f'attaque
Du cofté qu'on a fait l'accours.
Ces animaux grondans, fumans
A gueule ouuerte, armez d'horribles
Deffenfes, bauans, écumans,
Et plus dangereux que terribles,
Se peuuent à cheual tuer
De l'efpee : mais ie m'affeure
Que l'efpieu eft l'arme plus feure,
Soit pour atteindre ou pour ruer.

On parle des loups que lon prend
  A la huee, ou d'autre sorte,
  Du carnage par qui lon rend
  La gloute beste prise & morte :
  On parle des cheureuls, des daims,
  Et d'autres, soit pour courre, ou tendre,
  Ou pour épiant les surprendre
  D'vn plomb, ou bien d'vn trait attaints :
Ainsi que l'Ours qui ne court sus
  Aux gens, tant que mal on luy face,
  Ains attend le coup de dessus
  Vn haut arbre. Or quand on le chasse
  De ses cauernes les grands trous
  On bousche, & bien qu'il grimpe, & ruë
  Des pierres, qu'il serre, & qu'il tuë,
  Cede en fin aux chiens & aux coups.
Puis du caut Renard buissonnier,
  Qui tousiours entre les chiens vse
  De tours rusez, mais du leurier
  La dent finit en fin sa ruse :
  Ou de petits chiens lon se plaist,
  Comm' au Blereau luy faire guerre ,
  On escoute, on houë la terre
  Droit sur l'accul quand il y est.
Parler aussi du Lieure on peut
  Qu'à force on prend, ou d'vne sorte
  Rare, quand le Leopard veut
  En quatre ou en cinq sauts l'emporte :
  Mesme on peut discourir combien
  A leuretter on se peut plaire,
  Quand en plaine rase on voit faire
  Au lieure & aux leuriers fort bien.
Pour le quester on va marchant
  Par rang dedans telle campagne,
  Le Pelaud part : on va lachant
  Les leuriers, les cheuaux d'Espagne,
  Et les vistes courtaus apres
  Font poudroyer leur longue trace :

Il ſe court, ſ'atteint, ſe bourraſſe,
   Tant il a ſon ennemi pres.
Point ne luy fait perdre le cœur
   L'atteinte d'atteinte ſuiuie,
   Ses pieds ſont œleʒ par la peur,
   Qui ſeuls peuuent ſauuer ſa vie :
   Il eſt mis en fin au noüet,
   Dont quelquefois meſme il eſchappe
   Par bonds quelquefois il ſe happe,
   Et criant roidit le iarret.
Des animaux plus eſtrangers
   On peut en bref toucher la chaſſe,
   Comme des bien rameʒ Rangers,
   Ou des Lyons qu'au feu lon chaſſe,
   Des Tygres qu'on trompe au miroir,
   Des Elephans qu'auſſi lon trompe,
   Et dont ne peut la forte trompe
   Contre l'eſprit humain valoir.
Tels propos ſ'enflent eſtans pleins
   De mots propres à ce langage,
   Dont les Grecs, & dont les Romains
   N'eurent iamais ſi riche vſage :
   Là ſonnent ces mots de limier,
   Chien-courant, dogue, chien-d'attaque,
   Epagneu, chien d'Artois, & braque,
   Barbet, turquet, allant, leurier.
Là des chiens oublier ne faut
   La race, couleur, & maniere,
   Les noms, comme Miraut, Briffaut,
   Tirebois, Cleraude, & Legere :
   Et en leuriers, Iaſon, Volant,
   Cherami, Cigoigne, Cibelle :
   Et cent noms dont on les appelle,
   De toutes les ſortes parlant.
D'etabler, de rere, d'aller,
   De bontems, de fraye, gaignage,
   Du contre-pié, du ſuraller,
   D'os, de pinces, du viandage :

Bref, de tout autre iugement
Qu'il faut que l'on face à toute heure,
D'entree, fortie, demeure,
Suitte, dreffement, lancement :
Des diuers langages qu'on doit
Dire aux chiens, diuers mots de trompe,
Et diuerfes voix que lon oit,
Du change, auquel il faut qu'on rompe
Les chiens, ou de leur long defaut,
De bien remeuter, de viftef fe,
De creance, voire fageffe,
Qui fur tous aux chiens blancs ne faut :
Du cours de Chaffe, & des abois,
Des teftes, meulles, cheuilleure,
De perches, couronnes, epois,
Andouilliers, trocheure, & paumeure,
Puis des traces, & du fouillard,
Des marches, laiffees, fumees,
Et tant d'autres accouftumees
Façons de parler en tel art.
On oit de toiles, de haler,
De bloquer, crochetter, d'enceindre
De harts, & de perches, parler,
D'épieux, que diuers fang peut taindre
Sans en vfer : parler de pans,
De maiftres, de nappe, de mailles,
Du fauue, du noir, de bichailles,
De layes, marcaffins, & fans :
De broquars qui les dagues ont,
Puis des beftes de compagnie,
Ou qui au tiers ou quart an font,
Et tous les mots de Venerie :
Ou d'autres chaffes, foit pour voir,
Pour quefter, pour pourfuiure, ou prendre
Et que nul vers ne peut comprendre,
Sont pris là pour vn grand fçauoir.
Là quelqu'vn (peut-eftre) ialoux
De ces longs difcours, & encore

Piqué du plaifir que fur tous
Il aime, il exerce & honore,
Subtilement deftournera
Le propos hors de Venerie,
Et haut & dru de Volerie,
Mais en bref pourtant parlera.
L'occafion fe peut choifir
    Sur cela que lon t'a fait prendre
    Ce matin aux oifeaux plaifir,
    Auant que par courfe entreprendre
    De forcer ce Cerf, & premier
    D'Auftrucher fera la parole,
    Soit qu'en faifon propre fe vole
    Le perdreau par vn Efpreuier :
Soit que d'autres oifeaux de poing
    On vole auffi pour champs, à l'heure
    Que ces perdreaux font ia plus loing
    Leurs vols, d'aile auffi roide, & feure
    Que pere & mere, ou quand ils font
    Ia perdrix, qui vieilles deuiennent :
    Pour tel vol fur le poing fe tiennent
    Les Autours, qui guerre leur font.
Ou bien leurs Tiercelets qu'on croit
    Faire mieux, & que plus on aime,
    Mefme fouuent dreffer on voit
    L'oifeau de leurre à ce vol mefme :
    Vn Lanier dans l'air fe fouftient
    Sans fin, & roüant ne f'écarte
    Iufqu'à tant que fon gibbier parte,
    Mefme vn Faucon long temps f'y tient.
Qui plus eft, vn Sacre, vn Gerfaut,
    Se dreffe à cefte mefme proye,
    Qu'auparauant ietter ne faut
    Que partir leur proye on ne voye :
    Tous ces oifeaux ne bloquent pas
    Lors que les perdrix ils remettent :
    Mais tous, quand ils font bons, les mettent
    Au pied, fondans foudain en bas.

Soit oiſeau de leurre, ou de poing,
  De petits chiens pour la remiſe,
  Sages & bons, lon a beſoing,
  Que peu ardens, & à la priſe
  Iamais aſpres, lon doit choiſir :
  Leur deuoir, auec l'aile bonne
  De l'oiſeau, aux cuiſines donne
  Du gibbier, & aux yeux plaiſir.
Ie te diroy bien comm' apres
  Il ſuiura le vol pour riüiere,
  Et quand de mares on eſt pres,
  Ou ruiſſeaux, en quelle maniere
  Les oiſeaux alors decouuerts
  Se iettent à mont, là où vaine
  Eſt l'attente, ſ'on ne prend peine
  Que leurs gibbiers ſoyent bien couuerts :
De quels cris on vſe, & quels mots,
  De quel egard & patience,
  Pour faire tourner à propos
  D'vn oiſeau la teſte, où lon penſe
  Qu'il ait mieux ſur ſa proye l'œil,
  De crainte que lon ne foruuide,
  Comme on croiſe, comme lon vuide,
  Contentant & l'œil & le vueil.
Les Ridanes ſont le gibbier,
  Les Varriens, & les Sarcelles,
  Sur tout le Canard, qu'vn Lanier,
  Ny qu'vn Faucon à tire-d'œle
  Ne peut r'auoir, ſi quand il part
  Il ne l'arreſte, & lors en terre
  Fondant roide comme vne pierre,
  Aſſomme ſous ſoy le Canard.
Ie te feroy encor' iouir
  Du plaiſir que telle perſonne
  Pourra donner, faiſant ouïr
  Le plaiſir qu'aux grands ſeigneurs donne
  La haute Volerie, au lieu
  Ou ore pour Milan, & ore

On vole pour Heron encore,
Pour Chat-huan & Fauperdrieu.
Si toſt que le Milan ſe voit
  Vn haut cri la veuë accompagne,
  Le Duc que porté lon auoit
  Eſt ietté deſſus la campagne,
  Pour faire le Milan baiſſer,

*   *   **

Au ciel comme luy ſe trouſſer.
Quelques autres Sacres à mont
  Sont iettez, & mainte venuë,
  Preſque iuſques dans le ciel vont
  Donner à leur proye cogneuë,

*   *   **

Quand ceſte meſlee au ciel faite
Se perd quaſi de l'œil, qu'on iette
Apres tous autres le Gerfaut.
L'vn braue & fort, depuis le bas
  Iuſqu'au plus haut de pareille aile,
  Ne de façon ne monte pas
  Que les Sacres : mais en eſchelle
  Roide & ſoudain ſe vient [b] *hauſſer*
  Droit au Milan, que par la force
  D'vne ſeule venuë, il force
  Du haut de trois clochers baiſſer :
Puis hauſſer, & faire on luy voit
  Des fuites, mais en toute place
  Nouuelle venuë il reçoit,
  Tant qu'en fin la cheute ſe face
  Souuent bien fort loing : Mais auant
  Que commencer, dés que la proye
  S'eſt veuë, touſiours on enuoye
  Quatre ou cinq piqueurs ſous le vent.
Du Milan la cuiſſe ſe rompt
  Auſſi toſt que la cheute eſt faite,
  Puis ſoudain la curee ils font,

Et chacun y pique, & souhaite
D'arriuer premier, pour auoir
De ce Milan la queuë, pource
Que c'est le prix de telle course,
Qu'en son leurre on fait apres voir.
Or combien le vol pour Milan
A celuy pour Heron ressemble,
Pour Fauperdrieu, ou Chat-huan :
Et combien tout differe ensemble,
Par ce mesme homme se diroit,
Et i'en reciteroy la sorte :
Mesme puis qu'au faire elle apporte
Plaisir, le recit en plairoit.
Ie diroy qu'vn Heron souuent
Dans l'air, souuent se trouue en terre,
D'où l'on le fait partir, auant
Que dans l'air on luy face guerre :
Et qu'on peut de Faucons s'aider
Pour vne telle volerie,
Ou de Sacres comme lon crie
Pour de son bec faire garder.
Ie diroy qu'en ce vol il faut
Des leuriers, pour le Heron prendre,
Et qu'à l'heure qu'il chet d'enhaut,
Les oiseaux que lon a peu rendre
Si sages, crainte aucune n'ont
Des Chiens : & ces chiens qui se dressent
Ainsi si bien, iamais ne blessent
Ces oiseaux qui communs leur sont.
Ie diroy cela qu'estans pris
Par leur bec, quelques Herons rendent,
Puis la curee, & puis le pris
Que les mieux faisans en attendent :
Les bouts des ailes de l'oiseau
Pour son leurre quelqu'vn remporte,
Et au Seigneur la houpe on porte
Pour en decorer son chappeau.
Le Fauperdrieu, & l'autre aussi,

Dont l'vn comme vn Milan s'arreſte
Bien peu en terre : l'autre ainſi
Qu'vn Lieure par les champs ſe queſte,
Dans la terre où il ſe blottit,
Et leurs vols ne different guere
De l'vne & de l'autre maniere,
Dont en bref par mes vers i'ay dit.
Ie pourroy toucher nonobſtant
   Les differences qui ſe treuuent :
   Puis d'ordre i'iroy recitant
   Tous les autres vols, qui ſe peuuent
   Par vn tel homme raconter,
   Comme du Geay, de la Corneille,
   De la Pie, qui fait merueille
   De craqueter & caqueter :
Mais bien de l'Alloüette, eſtant
   Meſme au nombre du haut vol miſe,
   Qui ſe perd de tout œil, montant
   Droit dans les cieux, où elle eſt priſe
   Par le gentil Emerillon :
   Bref, de tout vol depuis la Gruë,
   Qui quelquefois voler s'eſt veuë
   Iuſqu'à ce petit oiſillon.
I'exprimeroy meſme les mots,
   Dont comm' vn autre en Venerie,
   Celuy farcira ſon propos
   Parlant de la Fauconnerie.
   Comme de   *
   Paſſager, oiſeau d'vne nuë,
   Ou de pluſieurs choſes cogneuë ᵇ
   Tant ſeulement à ceux de l'art.
Comme curer, paiſtre, tenir,
   Auoir bonne gorge, & enduire,
   Emeutir, poiurer, deuenir
   Pantois, & d'autres qu'on peut dire
   Du traitement de tels oiſeaux :
   Comme il ſe iardine, il s'eſſorc,
   Pannage, main, & ſerre, encore

Les longues pannes & cerceaux.
Perche, gand d'oifeau, chaperons,
  Longes, iets, veruelles, fonnettes,
  Et tant d'autres fi propres noms
  Des chofes ou d'actions faites:
  Et or' pour dire en general,
  Ie comprendroy toutes les chofes
  Qui font en tout tel fçauoir clofes,
  Des Nobles fçauoir principal.
Mais ie me fen ia trop laffé
  De ma longue courfe, égaree
  Hors du propos: l'ay trop laiffé
  Mon Cerf fans en faire curee:
  La longueur du propos deduit,
  Le chemin de ton retour paffe,
  Puis, peut-eftre, quelque autre chaffe
  T'amufera iufqu'à la nuict:
Qui gardera qu'en ton retour
  Ta Maiefté tel difcours oye:
  Il faut que ce refte de iour
  A mon premier deffein f'employe:
  Ie reuien, ce me femble, au lieu
  Où ce Cerf couché lon defpouille,
  Sur fa chaffe, mort, & defpoüille,
  Faifant maint & maint iufte vœu.
*Je luy voy couper les   ***
  Puis fon cuir ofter ils luy viennent,
  *Les   ***
  *Auecques   ***

                    ***

                    ***

                    ***

On fend fon cœur pour vne croix,
  Ainfi comme lon dit, y prendre,
  On cherche en luy tes menus droits
  *Qu'en ton crochet (*SIRE*) on vient pendre,*
  Entre lefquels les filets font,

Et le francboyau qu'on aſſemble
A pluſieurs deſia mis enſemble :
D'autres droits les veneurs y ont.
Tout le ſang dont ce corps eſt plein
Se raſſemble hors de la beſte,
On met par morceaux tout le pain,
Cependant qu'il faut que la teſte
On ſepare, & qu'on leue auant
La hampe, & puis que lon partiſſe
Le reſte, l'vne & l'autre cuiſſe
Et les deux eſpaules leuant.
Les coſtes, le petit ſimier,
Que le cinq & quatre on appelle,
La piece du ſimier dernier
Qui la venaiſon monſtre en elle :
Le pain trempé au ſang ſ'eſtend
Sur le cuir, la curee on ſonne,
Qui auant qu'aux chiens on la donne,
Tant qu'ils y ſoyent tous, ſe deffend.
Tout cela qui nous rend ardans
A le ſuiure, & qui pour la gloire
Nous poind, & nous ard au dedans,
Nous trauaillant pour la victoire,
Donne aux vainqueurs vne fierté,
Tant ſoit de petit pris la priſe,
Vn triomphe, vne ioye épriſe,
Qui ſ'entremeſle d'aſpreté :
De cela tous ces chiens ſe font
Vn exemple aſſez conuenable,
Qui plus aſpres & plus fiers ſont :
Et de mainte façon merquable
Semblent recognoiſtre leur fait,
Triomphans du pris de leur peine :
Ceſte meſme victoire ameine
Les Veneurs à pareil effect :
Qui plus reſiouis, plus gaillards,
Et brauans de leur peine priſe,
Sont plus ardans d'auoir leur parts,

Que ſi grand' choſe eſtoit conquiſe :
Chacun n'oublie à ſe vanter
De cela qu'il a ſceu mieux faire,
Tâchant pour ſon plus grand ſallaire
La gloire chez ſoy remporter.
Or ie voy qu'en ce temps diuers
  Ta principale Chaſſe (SIRE)
  Doit eſtre des Diſcords peruers,
  Renuerſeurs de tout grand Empire,
  Pour en les pourchaſſant chaſſer
  La ruïne qui nous menace,
  Comme ia telle heureuſe chaſſe
  Dieu t'a fait ſi bien commencer.
Ie ſçay meſme qu'en émouuant
  Tant ſoit peu quelque eau croupiſſante,
  Sort grand' puanteur : & qu'vn vent
  D'vn peu de braiſe languiſſante
  Excite ſouuent grand's ardeurs,
  Et pour tels dangers ie ne cuide
  Qu'encor' noſtre France ſoit vuide
  De ſouffleurs & de remueurs.
Ie ſuis ſeur que les grands ſont pleins
  Souuent de grande haine & pique,
  Ne ſuiuant pas de ces Romains
  La doctrine & la gloire antique,
  Qui moins de triomphe auoient mis
  A vaincre les forts aduerſaires,
  Qu'à vaincre les propres choleres,
  Nos plus familiers ennemis.
I'ay grand' peur qu'vne Ambition
  Soit d'Ambition reſuiuie :
  Ie ſçay qu'en noſtre nation
  Naturelle & propre eſt l'enuie,
  Et que tout cela qui en vn
  Nous doit eſtreindre d'auantage,
  CHRIST, le Païs, le parentage,
  Et d'vn Roy le lien commun :
C'eſt cela qui ſeul au rebours

Nourriſt en nous la haine & noiſe,
Par ce monſtre Enuie, touſiours
Maniant noſtre humeur Françoiſe,
Nous piquant plus contre la loy
De tous ces liens qu'on ſepare,
Que contre le Iuif, le Barbare,
L'Incogneu, l'ennemi du Roy.
Ce vice à nous particulier,
 Comme aux autres païs vn vice
 Eſt touſiours propre & familier,
 Nous fait (voulant faire ſeruice
 Au Roy) luy nuire: car ialoux
 Et piquez à qui eſtre, & faire
 Pourra le plus, par vn contraire
 Diſcord, nous perdans luy & nous.
Outre encor, ie voy (car ie veux
 Preſque toutes les cauſes rendre,
 Qui me font conceuoir ces vœus
 Sur ce Cerf que tu viens de prendre)
 Que mainte perſuaſion
 Qu'en tout on croit & ſainĉte & bonne,
 Soit par ʒele ou ruſe, ſe donne
 Pour l'vne & l'autre faĉtion.
Qui (peut-eſtre) trouuant deſia
 En nous la rencontre opportune,
 Qui eſt l'ambition qu'on a,
 Compagne de ceſte rancune:
 Nous eguiſant, nous defermant
 L'eſprit & l'œil, au ſouſtien d'elle
 Et toutes choſes, fors icelle,
 Va nos ſens & nos yeux charmant.
C'eſt ce qui fait que nous trouuons
 Du tout bon ce qui eſt des noſtres,
 Que nous hayons & dédaignons,
 Fut-il bon, ce qui eſt des autres:
 Puis les vns ſe voulant hauſſer,
 Peut-eſtre, ſur les proches Princes,
 Et tant du Roy que des prouinces

Toutes les charges embraſſer :
Les autres ſe voulant ſentir
  Du meſpris qu'on fait à leur race
  Pour les premiers aneantir
  Aſſrontent l'audace à l'audace :
  Et CHRIST *(qui n'en peut mais) eſt pris*
  Pour bon droit, ou pour couleur belle :
  Nos brouilleurs ſont de la querelle,
  Par icelle épians leur pris.
Meſme ainſi que maint enflammeur,
  Aſpre & plein de pedanterie,
  Retenant de ſa vieille humeur
  D'eſchole ou bien de moynerie :
  Ou d'autre coſté maint criart,
  Qui dedans ſa chaire extermine
  Et bruſle vn chacun, & mutine
  Le peuple, par ʒele ou par art :
Ou taſche à faire des diſcords
  Des grands, leur proffit, & leur gloire,
  Et du ſang des grands hommes morts,
  Couronner en fin leur victoire.
  Pluſieurs ſeigneurs (peut-eſtre) auſſi
  Ont taſché par telle diſpute,
  De frapper le blanc de la butte,
  Où ils tiroyent deuant ceci.
Les aucuns pour hauſſer leur rang,
  Les autres pour chercher vengeance :
  Les vns pour ſ'aſſouuir de ſang,
  Dont meſme l'enorme abondance
  Aſſeʒ encor ne les repaiſt :
  Ceux-ci ont la mutinerie
  De nature, & la pillerie
  Plus que Dieu meſme à ceux-là plaiſt.
Quant à maint autre, ou à credit,
  Ou par quelque pique legere,
  Ou par des grands n'eſtre point dit
  Auoir vne ame caſaniere :
  Ou par vn deuoir, dont il ſent

Sa vie à vn ſeigneur eſtreinte :
Ou par la force, ou la contrainte
Des crimes qu'il void ou entend :
Ou pour la deffence du bien
    Que ſa maiſon tient en l'Egliſe :
    L'Auarice trouue moyen
    De ſe couurir ſous la feintiſe :
    Ou par vn éguillonnement
    De femmes, d'amis, de lignage,
    Ou bien pour quelque autre auantage,
    Ruſe, égard, ou tranſportement,
A ſans rien poiſer eſpouſé
    Soudain l'vne ou l'autre querelle :
    Et quant à ceux qui ont vſé
    En cela d'vn bon & vray ʒele,
    Le nombre eſt grand, mais ie ne ſçay
    Si des autres le nombre ils paſſent :
    Et quoy qu'ils pretendent ou facent,
    En eſtime ie ne les ay.
Car quant aux vns ils ſçauent bien
    Que Christ eſt vn Roy pacifique,
    Dieu de paix, & ſeul entretien
    D'vnité dans ſon corps myſtique :
    Que Christ veut puis qu'il n'eſt permis
    (Diſent-ils) gloſer l'Eſcriture,
    Que nous aimions ceux qui iniure
    Nous font, & nous ſont ennemis :
Qu'à celuy qui va ſouffletant
    L'vne des iouës, l'autre on baille :
    Que quand on nous va tourmentant
    D'vne ville en l'autre on ſ'en aille :
    Que les ſainĉts anciens n'ont pas
    Deffendu leur cauſe par armes,
    Mais leur ieuſne, priere & larmes,
    Et leur mort eſtoyent leurs combats.
    Que ceux-ci meſmes   *
Nagueres ceux, qui d'vn courage
    Trop charnel en auant mettoyent,

Qu'il falloit repouſſer l'outrage,
Diſans, que bien qu'en l'ancien
Teſtament guerre & reſiſtence
Fut permiſe, telle licence
N'eſt point du Teſtament Chreſtien :
Mais que CHRIST par afflictions,
Par tourmens, croix, & vitupere,
Veut qu'en l'enſuiuant nous entrion
Au royaume de Dieu ſon pere :
Du ſang des ſaincts l'effuſion,
Et ſemence continuelle
De l'Egliſe, & la merque d'elle,
N'eſt que ſa perſecution.
Tant que par leur dire voulans
Faire ceſſer par force & armes,
Les maux, les aſſauts violens,
Perſecutions, & alarmes
En leur Egliſe, ils font ceſſer
La merque qui la fait cognoiſtre :
Et ce nom en eux ne peut eſtre
Qu'à eux ſeuls ils vouloyent laiſſer.
　　　*　　　*　　　*　　　*

NOTES

1. ODE DE LA CHASSE, p. 1.

Ce petit poëme était de nature à intéresser Charles IX, qui avait pour la chasse une véritable passion, et qui lui-même écrivait sur la vénerie. On peut consulter sur ce point l'intéressante *introduction* de l'ouvrage intitulé : *Liure du Roy Charles. De la chaffe du cerf. Publié pour la première fois, d'après le manufcrit de la bibliothèque de l'Inftitut*, par Henri Chevreul. Paris, Aubry, 1859, in-8°.

Charles de la Mothe nous prévient que cet ouvrage « n'eft ici à moitié ». (Voyez tome I de notre édition de Jodelle, p. 6.) Non-seulement il n'eft pas terminé, mais il présente de nombreuses lacunes. Jodelle ne connaissait sans doute pas par lui-même tous les termes de la vénerie, et il comptait se renseigner auprès de quelqu'un de spécial, comme le fit Molière lorsqu'il demanda à M. de Soyecourt les mots du même genre qu'il plaça dans ses *Fâcheux*. La rédaction de ce poëme est souvent obscure et embarrassée. Les éditions s'accordent parfois de la manière la plus malheureuse pour reproduire des fautes évidentes. (Voyez les notes 3 et 4.)

2. *Parfaites pour mon trop ieune age*, p. 3.

C'est-à-dire : à cause de mon trop jeune âge. C'est le texte de la première édition ; la seconde substitue *par* à *pour*, ce qui donne un faux sens.

3. *Pource que fe trouuans formees*, p. 6.

Il y a *fermées* dans les deux éditions ; mais c'est assurément une faute, ainsi que le prouve surabondamment ce passage du *Liure du*

Roy Charles que nous transcrivons ici comme le meilleur et le plus sûr commentaire des vers de Jodelle: «Le cerf ne iecte ses fumees qu'en trois diuerses sortes. Car l'on ne compte poinct celles qu'il faict durant le rut & l'Hyuer, à cause qu'elles sont desfaictes; la premiere est en plateau, c'est à dire que l'excrement qui sort de son corps est de la mesme forme d'vne bouze de vache, mais non de la couleur: car elle est vn peu plus verte.... Trois semaines apres que le Cerf est remply du viandis qu'il prend, & que son boyau est plus estressy à cause de la graisse, selon la forme dudict boyau il iecte ses fumées qui sont en torches. Apres comme il a la chaleur plus grande dedans le corps, à cause de la venaison, elles se séparent d'ensemble, & sortent formées & en crottes, comme sont celles d'vne Cheure, mais plus grosses.» (Chapitre V. *Des fumées du cerf*, p. 17 et 18.)

4.   *Soit que lors du Vautray lon face,*
          Ou d'autres façons le discours, p. 10.

On lit dans les deux éditions : *Ou d'autres façons de discours,* ce qui ne donne point de sens satisfaisant.

5. *Se vient,* p. 16.

Ainsi dans la première édition ; *Se voit,* dans la seconde.

6. *Ou de plusieurs choses cogneuë,* p. 18.

Les deux éditions donnent *cogneuë* au singulier; la rime le demande ainsi; mais le sens le veut au pluriel.